升级版小学生科学探险漫画

木乃伊大冒险

陈浩/著　晴天文化/绘

U0095754

中国轻工业出版社

全国百位优秀小学校长、优秀教师
联 合 编 审

（排名不分先后）

王洪夫	马步坤	丁国旭	卢 强	韩建州	高卫宾	李慧茹
朱雪玲	张德喜	姜文华	王春香	张兆琴	毛冰力	张莉香
李秀爱	梁丽娜	霍会英	邢连科	张卫勤	张利军	赵孟华
王贯九	韩德轩	吕国强	赵东成	吕付根	寇中华	葛运亭
张海潮	吕红军	蔡满良	李献中	郑彦山	范富来	陶丘平
康振伟	李富军	刘志敏	张明磊	金云超	张立志	张瑞舟
彭延黎	刘晓红	杨军亚	陈培荣	于建堂	吴贵芹	杨富林
马根文	张根军	李全有	康双发	侯 岩	刘洪亮	杨岁武
王茂林	李启红	赵云枝	周东祥	张华伟	王志保	李河山
李文彦	崔富举	刘新宇	杨海林	营四平	任国防	刘聚喜
刘新峰	潘贞瑞	黄四德	武永炎	孟庆德	朱五营	任敬华
陈建中	耿海根	陈新民	李世恩	陈淑华	丁汉洋	丁耀堂
胡耀丽	潘振生	樊来花	张海云	吴卫亭	李德华	吴双民
张会强	郑学德	张洪涛	张立新	杜 斌	刘青松	朱亚莉
姜 伟	张仲晓					

前言

　　嗨，大家好，我是乐乐淘，今年10岁。我喜欢旅行、冒险，我有一个心愿，就是到世界各地去探险。

　　现在，在布瓜博士的帮助下，我和我的朋友小猴正在进行一次世界大冒险。我们经历了很多挫折，遇到了许多的困难，还认识了很多好朋友。这次的冒险让我相信，只要时刻保持积极乐观的心态和旺盛的好奇心，就一定会学到知识，发现以前不知道的秘密。

　　在我们所生活的地球上出现过许许多多的伟大建筑，也出现了许多美丽的自然奇观和奇妙物种，还有多种多样的文化传承，更出现了许多无法解释的谜题，对这些谜题人们至今也只能猜测，无法去解释。宏伟的金字塔、神秘的UFO、让人着迷的南极白色大陆，更有那些让人感到惊悚的魔鬼三角洲、不知踪迹的野人，无数的谜题让我们有着无限的遐想！

　　小朋友们，你们是否也曾有这样的遐想呢？是不是也想去了解古时候人们是如何建造宏伟的建筑和创造伟大奇迹的呢？想不想去了解古老的神话是否真的像传说中那样神奇呢？是不是也想要去看看地球上很多地方的美丽风光与神秘文化呢？

　　现在，你是不是也想成为一个小小的探险家呢？那么就从这套书开始，让我们一起去探索世界上各个地方的环境与文化，来一场真正的冒险吧！

人物介绍

乐乐淘

我叫乐乐淘,今年10岁,我喜欢旅行、喜欢冒险,并时刻保持着强烈的好奇心。我有一个心愿,就是到世界各地去探险,而布瓜博士正在帮助我实现这个伟大的愿望。

小猴

我是小猴,我可是一只会说话的猴子,是乐乐淘最忠实的朋友,据说,孙悟空是我的曾曾……爷爷,怎么样,了不起吧?还有,告诉你一个秘密:我的尾巴很神奇哟!

布瓜博士

我是史上最伟大的发明家，我知道的事情就像我的长胡子一样数也数不清呢！这次旅行中，我的发明层出不穷，想知道它们有多么神奇吗？那就快来读下面的故事吧！

面具人

我是图坦卡蒙法老的直系后代，有着最纯正的王族血统！图坦卡蒙法老是我的祖先，所以我以复活他为目标，可是却被乐乐淘这个小鬼给破坏了！真是不甘心啊！

 老秦

我是老秦，在图坦卡蒙法老的金字塔考古，无意中发现了金字塔地下墓室的结构图，寻找地下通道的时候，面具人出现了，夺走了结构图，并把我抓了起来。为了粉碎面具人的阴谋，我通知了我最好的朋友布瓜博士。

第1章
金字塔能

乖乖，"金字塔能"？

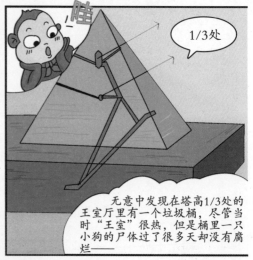

1/3处

无意中发现在塔高1/3处的王室厅里有一个垃圾桶，尽管当时"王室"很热，但是桶里一只小狗的尸体过了很多天却没有腐烂——

"金字塔能"是法国人鲍维斯发现的，有一次他去胡夫大金字塔参观——

反而渐渐干掉，快要变成木乃伊了。

啊，这是为什么？

鲍维斯也想不明白，所以他回去后就亲自动手做了一个小型金字塔。

然后他把一只小死猫放在金字塔模型1/3处的平台上，结果你们猜怎么样？

信是我一个叫老秦的埃及朋友写来的，他说他在金字塔进行考古研究的时候，发现了一个关于复活法老的秘密。

木乃伊

而这个秘密几乎给他招来了杀身之祸，他让我尽快去埃及救他。

可，可是那个血手印是什么意思啊？难道那位秦爷爷已经遇害了？

就算没有死，他肯定也遇到了很大的危险，要不谁会把自己的血手印留在信上呢？

很难说啊！

那我们应该怎么办啊？

去埃及！朋友有难，我怎么能袖手旁观呢？

好！我们一起去！

博士，咱们在哪里降落？

沙漠

乖乖，我们是不是直接去金字塔啊，博士？

不！这里的金字塔有好几十座，咱们不可能挨个找。

那怎么办？

咱们手里一点线索都没有啊。

信上倒是留下了一些线索，只是现在我还不知道怎么用。

所以，我们首先要了解一下这里的情况，最好的办法就是去开罗博物馆。

埃及最大的博物馆——开罗博物馆

跟着队伍往前走

微弱的光线

第 2 章
图坦卡蒙法老

哇！有没有搞错？

救命！

真漂亮！

博士，我有种不好的感觉。乖乖，我不喜欢这个地方。

有什么好怕的，这是世界上最大的古埃及博物馆。

怕怕怕

这里收藏了古埃及的雕像、绘画、金银饰品、器皿、珠宝、工艺品等共30万件，其中大多数展品的历史超过了3000年。

去二层木乃伊展览室

博士，不知道为什么，我总觉得有什么事情要发生似的。

对！乖乖，我总觉得有什么东西在看着咱们！

你们是被血手印弄得太紧张了，其实我来这里主要是要看一下图坦卡蒙法老的木乃伊和随葬品。

图坦卡蒙？

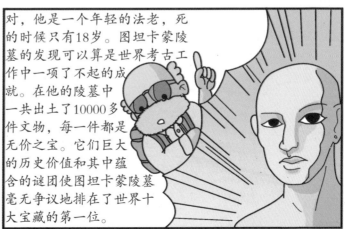

对，他是一个年轻的法老，死的时候只有18岁。图坦卡蒙陵墓的发现可以算是世界考古工作中一项了不起的成就。在他的陵墓中一共出土了10000多件文物，每一件都是无价之宝。它们巨大的历史价值和其中蕴含的谜团使图坦卡蒙陵墓毫无争议地排在了世界十大宝藏的第一位。

说对了!

嗯，我知道了!

所以这也是咱们最有希望获得线索的地方。

走进展览室

进去吧!

图坦卡蒙法老之所以名气这么大，是因为他的陵墓在三千年的时间里一直没有被盗过。后来他的墓室被英国探险家哈瓦特·卡特发现，并挖出大量珍宝，震惊了整个世界!

年轻的图坦卡蒙死去后，用三层棺材装殓王身。现在咱们看到的是最内层和最外层。

棺材是用黄金制成的，上有彩漆，雕刻得非常细腻，具有很高的美学价值。

吓

除了棺材，这里的另外一件珍品就是图坦卡蒙的御座。你们瞧，它金光闪闪，要多漂亮就有多漂亮。

座椅的正面两侧各有一金质的狮子头，扶手是蛇首鹰身的雕像，分别代表上、下埃及的王权。

御座的靠背上展示了一幅王室家庭生活的画面。椅背是以黄金板上镶石、加彩做成的，和中国的景泰蓝有异曲同工之妙。

除了这些之外，博物馆的著名藏品还包括记录公元前31世纪古埃及完成统一大业的"纳尔迈"石板。

哈夫拉金字塔中发现的石灰石雕像"书记官"。

"王子拉霍特普和他的妻子诺夫勒特"雕像组……

咿

乖乖，太恐怖了。

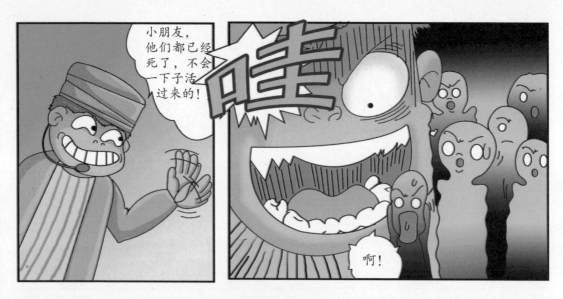

小朋友，他们都已经死了，不会一下子活过来的！

哇

啊！

大家身后那尊雕像的面具是用金箔制成的，上面镶着宝石和彩色玻璃。面具前额的地方装饰着鹰神和眼镜蛇神，象征上、下埃及（上埃及以鹰神为保护神，下埃及以蛇神为保护神）；下面垂着胡须，象征冥神奥西里斯。黄金面具大约重10.23公斤……

都走远了！

走啊，乐乐淘！

那个雕像刚才——刚才好像动了！

怎么会呢？乐乐淘，你看啊，我碰它，它怎么没有反应呢？

可能是错觉吧！

看什么呢？

博士，这里面装的是什么啊？

是死去法老的内脏。

啊？内脏！

信上所写的字就是这个器皿上被擦去的字——"阿肯那顿"。

阿肯那顿？

对，他是图坦卡蒙法老的父亲。简单来说，阿肯那顿曾经进行过一次宗教改革，但是他死后旧势力又掌权了，所以把他判成罪人，而他的名字也要从所有物品上被擦掉。

那血书上怎么也会有那几个字呢？

这说明秦爷爷的事很可能跟这位阿肯那顿和图坦卡蒙有关系。好了，我们走吧！

晃晃

博，博士，那雕像又动了，又动了！

第3章
可怕的雕塑

不要怕，不要怕！

灭火器

好重啊！

面具被摘了下来。

这怎么可能呢?

是图坦卡蒙的金面具!

乖乖！那咱们接下来该怎么办？我总觉得这里有什么阴谋！

嗯，小猴说得对，而且肯定跟木乃伊有关系。

我想他们还会找上门来的。

为了得到更多的线索，咱们现在就按原计划去图坦卡蒙的陵墓。

好，咱们正式出发。

埃及的金字塔已经有4500多年的历史了，它们主要分布在尼罗河下游，在开罗西南尼罗河西古城孟菲斯一带最为集中。位于吉萨南郊沙漠中的三座金字塔最为有名，被人们叫做吉萨金字塔。

地中海

开罗

吉萨

国王谷

阿布·辛拜勒神庙

阿斯旺水坝

尼罗河

据说，公元前2610年，法老胡夫发现采石场里还留下了一块巨石，于是就命令石匠们雕一座狮身人面像。

这座石像高20米，长57米，光一张脸就有5米多长，一只耳朵也有2米多长。它头上戴着"奈姆斯"皇冠，额上刻着"库伯拉"圣蛇浮雕，下颌还有一些下垂的长须。

哇，它的一根胡须比我还粗呢！

天啊！古埃及人是怎么把它造出来的呢？

那就是我说过的胡夫金字塔。

关于金字塔的建造有很多说法，但是直到现在也没有一致的结论。

有人说金字塔是奴隶们建造的。采石的时候，埃及人先用凿子在岩石上打眼，然后插进木楔、灌进水，当木楔被水泡涨时，岩石也被涨裂了。这在当时已经是非常了不起的技术了。

在建造胡夫金字塔时，胡夫强迫所有奴隶为他做工。这些人被分成10万一群来工作，每一大群人要工作3个月。

据猜测，他们是把石头装在雪橇上，用人和牲畜拉。这样做需要有宽广而平坦的道路，据说光是修建运输石料的路和金字塔的地下墓室就用了10年。

石头被拉到建造金字塔的工地之后，奴隶们又把塔周的沙土堆成斜面，把巨石沿着斜面拉上金字塔。就这样，堆一层坡，砌一层石，逐渐加高金字塔。从时间上看，建造胡夫金字塔整整花了20年。

乖乖，那场景应该很壮观吧！

也有人说，金字塔根本不是人造的！

是啊！还有人说是外星人造的。他们认为几千年前的人类不可能有建造金字塔的能力。

人们发现，延伸胡夫大金字塔底面正方形的纵平分线至无穷则为地球的子午线；穿过胡夫大金字塔的子午线，正好把地球上的陆地和海洋分成均匀的两半，而且塔的重心正好坐落在各大陆引力的中心。加上关于金字塔真真假假的神话传说很多，这种说法也有不少人赞同。

哎呀，要是这么说，我宁愿相信金字塔是古埃及人自己建造的。毕竟他们付出了那么多心血！

是啊。在2000年，法国人约瑟·大卫杜维斯宣称金字塔上的巨石是人造的。

他是根据化验结果得出这一结论的：金字塔上的石头是用石灰石和贝壳由人工混合而成的，类似于今天的浇灌混凝土。另外他还提出了一个证据：在石头中发现了一缕2.5厘米长的头发，它可能是在工人工作时掉进混凝土中，并一直保留到现在的。

第 4 章
神秘的金字塔

快下来!

也是啊!

但学者们又提出了新的疑问：既然开罗附近有许多花岗岩山丘，为什么不用呢？

哇，好大啊!

其实哪一种说法都有它的道理，但是关于金字塔有太多的谜团了，直到现在人们都无法——解释清楚。

36

埃及人实在太厉害了！几千年过去了，金字塔上的石块还是垒在一起，没有裂缝。看那些小小的间隙，插把刀进去都不容易！

金字塔之所以能耸立到今天，都要归功于古埃及人民的智慧。

古埃及人善于观察和研究

他们发现，在沙漠长年的风沙之中，只有金字塔形状的建筑物最耐久。

风沙大多是从金字塔的底部刮起，接着被塔身引导向上，最后从塔尖散失到空中。

哇，原来是这样，简直太厉害了！

风沙的破坏力对金字塔影响不大，而雨水也侵蚀不了它。因为雨水从塔上面流下来，塔身并不积水，所以金字塔并没有受到什么大的破坏。

这个三角形利用得很巧妙。

博士，这个就是图坦卡蒙金字塔吗？

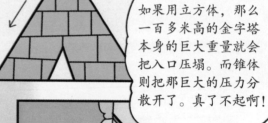

如果用立方体，那么一百多米高的金字塔本身的巨大重量就会把入口压塌。而锥体则把那巨大的压力分散开了。真了不起啊！

不，这是拉美西斯六世的金字塔，图坦卡蒙法老的金字塔在它的下面。

对，就是因为它位于法老拉美西斯六世的陵墓下面，所以才成为3300年来唯一一个保存完好的法老陵墓。

乖乖，下面！

你们敢不敢和我下去？

当然要去！

可是我不知道下去之后会遇到什么事情，而且我们很可能会陷入极大的危险，你们想清楚了吗？说不定还有一个非常可怕的阴谋……

博士，我们要和你一起去。不管遇到什么危险，我们都要救出秦爷爷。

嗯，对！

好吧！

好！我们进塔！

天啊！

没事，没事，这只是传说而已。

走！我们继续前进。

好臭啊！

什么气味？好恶心！

四处找一找，看看能不能发现什么线索。

那好办！

超级探测器

用这个不就行了？

啪啪

应该是这样，你接着说！

秦爷爷肯定来过这里，而且很可能就是在这里被抓的。

找到线索了！

我认得这个玉佛，是我当年送给老秦的生日礼物。

博士，这玉佛经过那么多年怎么看起来还是很亮呢？

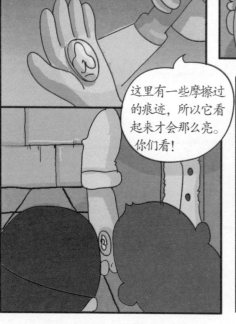

这里有一些摩擦过的痕迹，所以它看起来才会那么亮。你们看！

再看看，也许还能找到点什么！

第 5 章
面具人重现

我晕!

哇!哇!

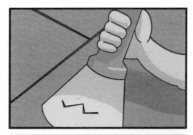

嗯,看起来都差不多。不过这一道比其他的要深一些。

是啊!这里面肯定有问题!

咣……咣

博士,你看看这些划痕!

乖乖,这块石板的质地肯定和其他的石板不一样。

别!这可是法老的墓室,是珍贵的遗产。

咣当

这块石板怎么这么脆?

果然是不一样啊!这下面应该有个地道,我们来打通它!

有人!

刷刷

没有?也许是错觉!

四个影子？

不好！真的有人！

你，你到底是什么人？为什么在这里装神弄鬼？

怎么办？难道是木乃伊复活了？

你，你想干什么？

喂，你到底是什么人？到底想要干什么？

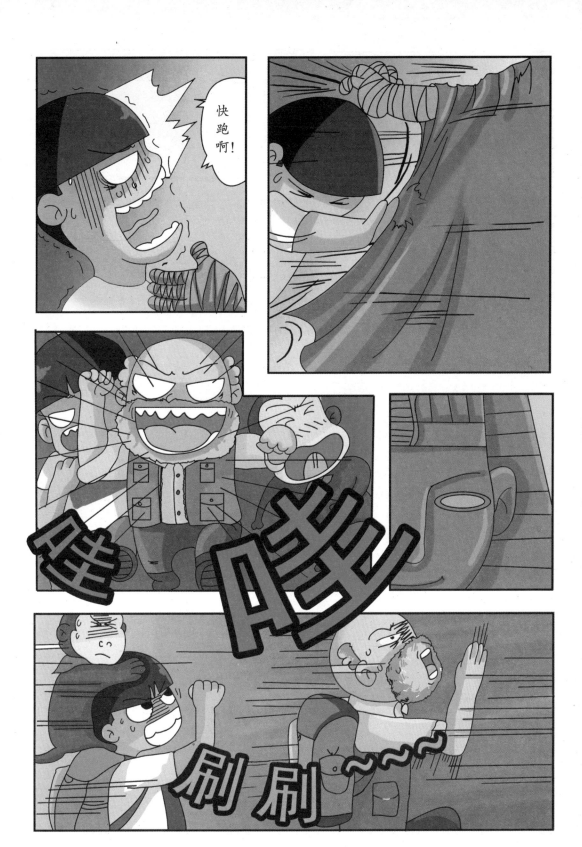

博士，他肯定早就知道咱们要来这里，咱们在开罗博物馆里说的话他都听见了。

嗯，我也那么觉得！

难道……

可是，他如果要抓我们的话，为什么要等我们发现了石板的线索才动手？

难道他是在利用我们？

很有可能！

我们现在该……不好，他追来了！

不好！

快跑！

好像有游客。

面具人没有跟来。

快走！这里危险，里面有坏人追过来了！

坏人？这怎么可能？

先生，这里可是旅游区。什么坏人这么大胆，敢在这里胡闹？

博士，给他们说说法老的诅咒，让他们赶紧走！

对啊！

你们听，是脚步声，他马上就到了。

我们早就知道诅咒的事情了！

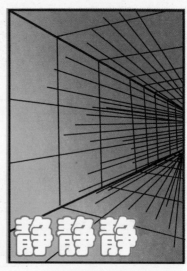

静静静

这就怪了，难道不是他追过来了，是我们听错了？

？？？

嘘……

乖乖，别管他们了，咱们先走吧！

拿好工具，咱们现在还不能离开！

咱们必须回去，不能让他们遇到什么危险！

好！你说得对，乐乐淘，咱们跟他们一起回去！

真的要回去啊？乖乖！

乖乖，豁出去了！等等我，我也去！

一起往里走

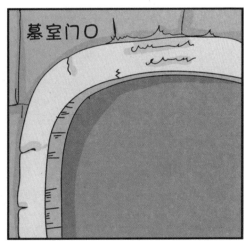

墓室门口

上面写的是——

第6章
死人之城

没有人?

难道那家伙消失了?

我们发现石板后他才出现——

你这个老头子，再也不要搞这样的恶作剧了！我们可不是被吓大的！

这个世界上真的有鬼魂?

去看看石板！

呀！

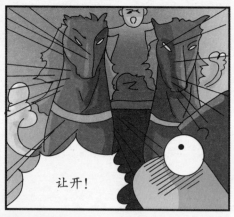

让开!

刷刷刷

博士,怎么这里的一切都那么奇怪?

一个地方有一个地方的风格嘛,这有什么好奇怪的。

怎么啦,博士?

58

看来咱们这回是注定要和死神打交道了，否则怎么会随便就走到了这座"死人之城"！

死人之城？

对！

这是开罗的一座"城中之城"。最开始这里只是一片墓地，到后来，因为大户人家的家族墓地一般有专门的仆人打扫，时间久了就成了仆人的家，慢慢变成了现在这个样子。活人和死人住在一起，所以人们把这里叫做"死人之城"。

哦，是这样啊！

博士，咱们别往前走了，我心里不舒服！

嗯，咱们还是在活人住的地方多待一会儿吧！

好吧！

卖生命钥匙了！便宜了！能够让死人复生的钥匙，千万不要错过啊！

生命钥匙？

生命钥匙是法老时代的一种神符。传说只要有了它，就可以使人死而复生。很多埃及人都喜欢戴它。来，你们看看就知道了！

博士，咱们买一把吧！

傻孩子，你们真相信这些东西啊？

这只不过是传说罢了。而且这东西可是很贵的！

不贵不贵，我这儿可是最低的价格！

啊!

危险，快躲开!

快闪!

轰

哎呀呀

怎么会这样?

谁打扰了法老的安眠，死神将张开翅膀降临在他的头上。

好，咱们不能再惹上什么麻烦了！

没事吧，乐乐淘？

我没事。博士，咱们先离开这里吧！

快走吧！

嗯！

我在想刚才撞车的事，你们真的以为那只是一个巧合吗？

你在想什么，乐乐淘？

第 7 章
应验的诅咒

不是巧合还能是什么？

是那群鸽子干扰了驾驶员，车子才会冲向人行道的！

鸽子？

我好像也看见了。可是那些鸽子又怎么会无缘无故地飞到汽车的驾驶室里呢？

因为法老的诅咒！

那个戴面具的人一直在我的脑子里闪来闪去，我敢肯定，这一切都和他有关系！

乖乖，乐乐淘，你别吓唬我啊！

你该不会说那个人真的是复活的图坦卡蒙法老吧？是他在实施自己的诅咒，好把咱们都撞死？

那倒不是！我怀疑有人在冒充法老，私下里正策划着一个重大的阴谋！

#@……

那……

乐乐淘，你赶快去报亭买张今天的报纸，刚才那两个埃及人好像说在报纸上看到了什么关于法老诅咒的报道！

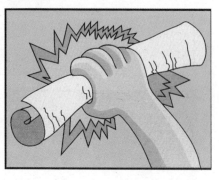

博士，上面怎么说的？

上面说那两个人神秘失踪了。到目前为止，他们是到过图坦卡蒙金字塔之后失踪的第57、58个人。很多人猜测，他们是中了法老的诅咒才失踪的！

诅咒？

对，他是绝对不会放过咱们的。你说呢，博士？

这么说，咱们今天遇到的事情很可能还会发生？

嗯，有道理！这世上根本没有鬼神，肯定是人在捣乱！

那，那咱们该怎么办？他在暗处，咱们在明处，咱们斗不过他的！

躲肯定躲不了了，问题还得从根本上解决！

对！所以咱们现在随时都可能再一次遇到危险！

乖乖，那咱们能去哪儿呢？

担心担心

现在我一想起那里就浑身发抖，乖乖，这不是自投罗网吗？

现在对咱们来说最安全的地方就是图坦卡蒙的墓室。

什么，还要回那个地方？

没错，乐乐淘说得对，最危险的地方就是最安全的地方。

他们怎么都不会想到咱们还会回到那里去，而且图坦卡蒙的陵墓也是咱们唯一的线索。

别怕，小猴！这次咱们做好充分准备再回去，那些坏蛋想抓咱们也没有那么容易！

那好吧！

那咱们就再回那个鬼地方去吧。乖乖，希望你们说得是对的。

开始准备吧！

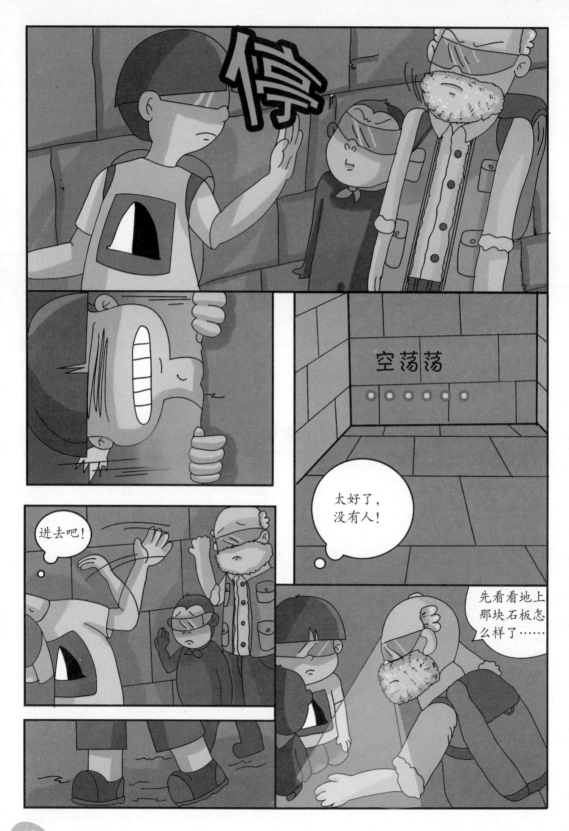

这就怪了，我记得明明就在这里的，怎么消失了？

是啊！连石头上的划痕都没有了！

再划一次试试！

让我想想！

一样？

肯定有人把石板给换了，用的就是相同质地的石板！

他很可能在下面发现了什么秘密，为了不让别人知道，所以又把洞口给盖起来了！

石板，石板，让我想想！

对了，如果乐乐淘的分析是对的，那么相同质地的石板虽然可能很容易找到，但是相同年代的可就很难找到了！

博士，你是说用地质探测仪测一测这些石板，看看哪块是新的？

第8章
地下迷宫

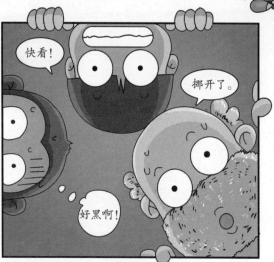

快看!

挪开了。

好黑啊!

从时间上来看，在这么短的时间里，我想即使他们下去过，也根本没有时间设什么陷阱。

更何况他们根本不知道我们会回来。或许他们认为我们现在已经是死人了!

这倒是，可是咱们就这样下去吗？乖乖，这个地道看起来好恐怖哦，下面不知道会有什么东西呢！

既然都这样了，当然要下去。不过，现在不能马上下去，咱们得等等！

等什么？

等下面的空气流通一会儿，因为有很多科学家认为墓室中存在着一种病菌，是它们导致了进墓者的离奇死亡。1999年，德国微生物学家哥特哈德·克拉默果真在木乃伊身上发现了能致人死命的细菌孢子。在知道这个重大的医学发现后——

埃及科学家哈瓦斯每次发掘陵墓时，都要在墓室墙壁上钻个通气孔——

等陵墓内的腐败气体向外排放几个小时后再进去。

因为经验丰富，在过去30年的职业生涯里，哈瓦斯虽然多次进入法老的金字塔，可仍然活得好好的。

乖乖，那些细菌也太厉害了，咱们还是多等一会儿吧！

前一段时间曾经有一个震惊国际的报道，说是一个国际考古小组在埃及金字塔下面发现了一个庞大的地下建筑群。据很多专家推测，金字塔下面的地道网有可能延伸到几十公里以外。

划划划

乖乖，这么说咱们现在就是来到这个地道网了！

既然这样，如果地下真的布满了地道网，那么我想它们应该也都有相通的地方，所以咱们选哪个都一样！

嗯，很有这个可能。

乖乖，是这边吧！

我觉得应该是这边！

还是这边！

哎，对了！

只有这边
没有选过。

就选这个
走吧！

这里的气味
好恶心！

啊

恐怕也只能这样了。

不好！可能是面具人来抓我们了！

我们走！

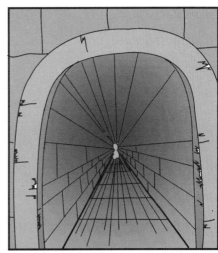

哼，哼，哼……

哼哼哼……

我刚才好像听见笑声了，是不是面具人已经发现我们，现在要追来抓我们了？

好了好了！不要再说了！

别怕，小猴！咱们不用怕他，他又不是魔鬼！

轰轰轰……

乖乖，这里怎么变成圆的啦？

不好，赶快离开这里！

第 9 章

暗算

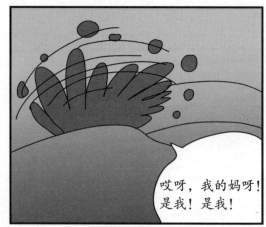

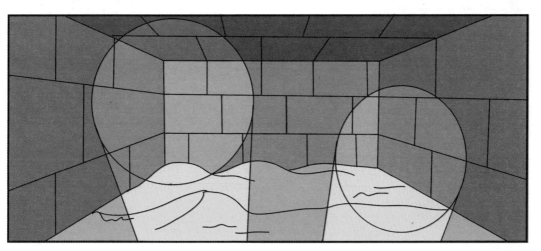

我也没碰啊！

我只是拿手电筒照了一下，根本没有碰到什么东西！

那这就怪了！既然咱们谁都没有碰机关，机关怎么会突然启动？

是啊！

轰~ 轰~

轰~

爬不上去，太光滑了！

声音不是从地板上发出来的。

是墙壁！震动声是从墙壁中发出来的。

冷静，冷静！

这下怎么办？

没时间再想了，先看看下面能不能出去。

刷刷刷

咚

咚咚

小猴，看你的了！

明白！

好的，看我的！
你们都闪开！

第 10 章
神秘的墓室

这边走吧。

都走了2小时了，累死我了！

快看，前面有个门！

可不是，小猴变勇敢了！

走，进去看看！

哟，小猴胆子变大了呢！

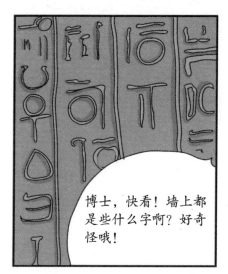

博士，快看！墙上都是些什么字啊？好奇怪哦！

嗯，让我看看……好像是个"蒙"字。

真是太神奇了，墙上的画一点都没有退色哦。

你们快看这里！

哇！这是——

这棺材好特别啊！好像是玉做的似的。

这可能是真正的图坦卡蒙的木乃伊。

那开罗博物馆的那个又是什么？这怎么可能呢？

那个可能是假的。真正的图坦卡蒙法老的木乃伊就安静地躺在这里，不会被别人打扰！

他心眼可真多啊！真是不能让人理解！

咱们也算有重大的发现了。现在的问题是，咱们怎么从这里出去呢？

叹气

刷 刷 啊 啊

吓死我了，可不可以每次不要这么突然！你，你别过来，你又想干什么？

哎哎

啊 啊 啊

不好，小猴掉下去了！

跳

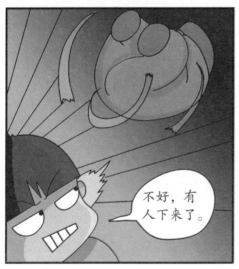

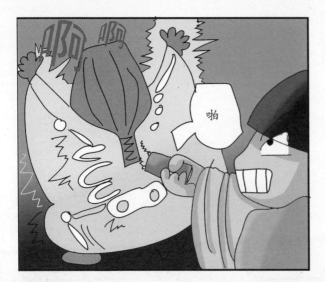

啪

暂时应该不会再有人下来了。

哎哎

我可没那么笨，嘿嘿！

乐乐淘，你太厉害了！

他们到底是什么人？怎么身上都有怪怪的香味？

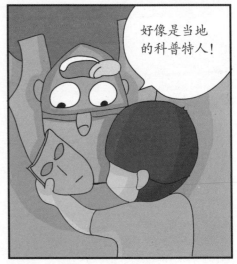

好像是当地的科普特人！

第 11 章
复活咒

#¥##¥

快点让我活过来！

科普特人是什么人？

是一个自称是法老后裔的族群，他们认为自己继承了法老的血统。

那咱们现在怎么办？

这个墓室是封闭的。不过石碑上有字，没准写着出去的方法。

上面有没有提到出口的位置？

"谁打扰了法老的安眠，死神将张开翅膀降临在他的头上……"是法老的诅咒！

博士，看看那两块！

"复活咒！关闭地狱的大门从深沉的睡眠中清醒……"这是一句据说能使人死而复生的咒语。

死而复生？那都是唬人的！博士，看看最后一块写的是什么？

"永生咒！通过金字塔的尖顶，踏上永恒的不死之路，是为永生……"

都是一些邪门的咒语，没有关于出口的信息。

那咱们可怎么办啊？

看来我们没有那么简单就能出去了！

不好！我听见又有人下来了，大家做好准备！

博士，你手里拿的是什么？

这是我的最新发明——流泪粉，只要沾上一点就会流泪不止，什么也看不清。

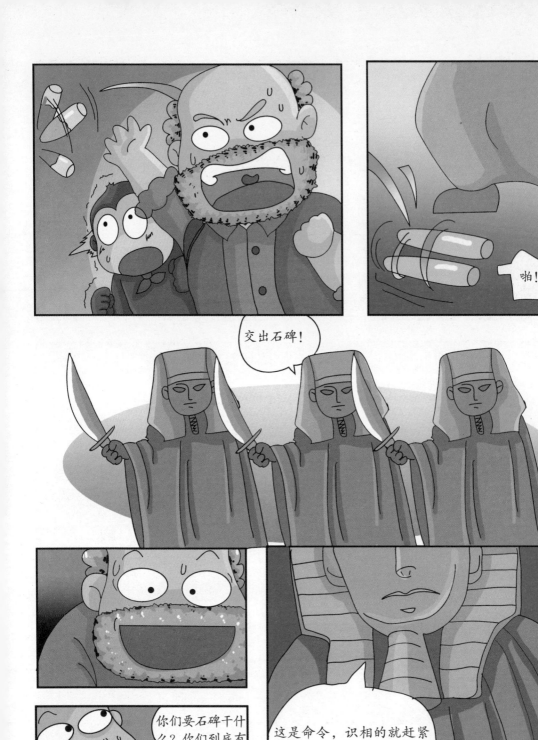

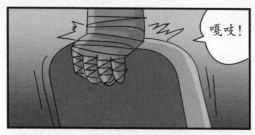
嘎吱！

折断

哼！

这是你们刚才干的？

对！现在只有我们才知道石碑上原来写了些什么啦！

把他们带回去，不要伤害他们，我还需要从他们身上问出一些东西！

遵命！

吱！

哇！

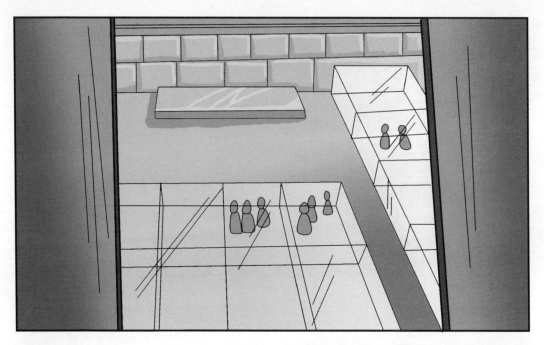

哇！

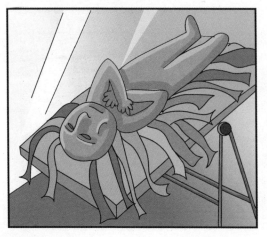

天啊！那是木乃伊吗？

复活咒，永生咒……难道这些人要复活木乃伊吗？太可笑了！这不可能，不可能！

手术，一定要顺利完成。不要看他们了！

他们这是把咱们给囚禁起来了。

博士，他们好像在给木乃伊做手术。太不可思议了！

我也看到了！

从现在的情况来看，这是一伙疯狂的科普特人。他们秘密建设这个实验室肯定有什么阴谋，而这个阴谋应该就和木乃伊有关。

第 12 章
催眠术

学狗叫！

咱们怎么办？他们会把咱们怎么样？

不用怕。

刚才面具人那么想要石碑，说明石碑上的咒语对他很重要，所以咱们只要坚持住，不说出那些咒语，他就不会把咱们怎么样的。

对，乐乐淘说得有道理。天啊，他们到底想要干什么？你们不觉得这有点疯狂吗？

他们这里的仪器和装备都是世界上最先进的。

怎么啦？

那一台CT扫描仪是美国最新发明的，根本还没有正式投入生产和使用，我也只是看了报纸上的介绍才知道。

告诉我，孩子，石碑上的咒语是什么？

石碑上的咒语是……

坏了，是催眠术！乐乐淘，不要看他的眼睛！

博士，我刚才是怎么啦？

喘

你中了他的催眠术，差点把石碑上的咒语告诉他。你们不要看他的眼睛，这个人会催眠术。

没想到你竟然认得这是催眠术，很不简单啊！

你不要过来！

你到底想干什么？那些咒语到底有什么用？

啊，不要掐我啊！你掐死我，我也不会告诉你的。我要是真说了，你更不会放过我了，我才没有那么笨！

你先告诉我们你到底想干什么，还有我的老朋友老秦，他是不是被你们抓了？

原来是那个老秦把你们引来的，怪不得处处和我作对呢！

没错，那个老秦的确在我这里，而且我可以把他带过来，放你们一起走。当然，条件就是你们要把石碑上的咒语告诉我。我给你们三天的时间考虑，你们最好考虑清楚！

到时候可就别怪我不客气了！

如果真是那样的话，咱们把咒语告诉他不就行了？还能把秦爷爷救出来，这样咱们的任务就完成了。

博士，你说他会说话算话吗？

你们谁也别想离开这座金字塔！

哪里会有那么简单！这里的秘密咱们既然已经知道了，他就不会轻易放了咱们。

现在只有等一等，看看他是不是真的会把老秦带过来。只要老秦来了，我相信所有的谜团都会解开。

老秦！

布瓜！

唉，是我害了你啊！我知道你收到我的血书之后，一定会来埃及的。可是，我没有想到这家伙竟然这么疯狂……

现在别说那些了，先告诉我们这到底是怎么回事吧！

说来话长啊！

开始的时候，我们在图坦卡蒙法老的金字塔考古，无意间发现了一块破旧的羊皮，上面画满了奇怪的图形，我猜测应该是金字塔的地下结构图。只可惜羊皮缺了一角。

我当时很高兴，因为这可能让许许多多个墓室重见天日。这个发现足以让世界考古界为之震惊。

是啊！秦爷爷，我们刚刚还在里面绕了半天，要是没有地图，我想谁也走不出去。

对啊！所以我很小心地把地图保管起来，想对地下墓室进行一点点挖掘。可是，也不知道他们是怎么得到消息的，我正在图坦卡蒙墓室里寻找地下通道的时候，一个面具人出现了。他夺走了结构图，我也被抓了起来。

哦，怪不得我们在墓室里发现了您的玉佛呢！

对！当时我正用玉佛检测石板的硬度。幸好我知道这件事意义重大，所以事先给你写了一封血书。万一我出了什么事，信就会自动寄到你那里！

我知道你收到信后一定会来的，因为你是我最好的朋友，也只有你有能力保守这个秘密。

那他们究竟是什么人？尤其是那个戴金面具的，实在太神秘了。

他们是一群科普特人，自以为是法老的后裔。他们是一群疯狂的人，一群恶魔。他们得到了地下墓室的结构图。

然后就秘密建立了实验室。而且不知道用了什么方法，他们又弄来了图坦卡蒙的木乃伊，现在正在做实验。

做实验？什么实验啊？

我说出来你们也不会相信的，他们要复活图坦卡蒙法老的木乃伊，唤醒沉睡的法老！

啊，复活木乃伊？

不错，他们就是这么想的。一开始我也不相信有这样的事情，因为法老的木乃伊虽然还在，但是现在人类的科技还没有达到能让它们复活的水平！可是……

可是什么？

可是后来看到这些全世界最先进的装备、最好的科学家，我开始动摇了。而且从我掌握的情况来看，在这个地下墓室的某个角落，还有三块古老的石碑，上面刻着——

可以使法老复活和永生的咒语！我说得不错吧？

你们也知道啊！

不光知道，而且就因为我们找到了石碑上的咒语，所以才会被带到这里来，要不然我们可能早就没命了。

第 13 章
面具人的阴谋

那些东西怎么可以相信呢！它们只不过是一些唬人的符号罢了！

话是那么说，可是咱们也不得不承认，这个世界上的确有一些科学解释不了的东西。你们这几天也碰到了吧？

对了，秦爷爷，那个面具人到底是谁啊？他实在是太恐怖啦！

怪不得呢！

他是图坦卡蒙法老的直系后代，有着最纯正的王族血统。他几乎和死去的图坦卡蒙长得一模一样，要不金面具也不会那么合适地戴在他脸上！

他们成功了！

他们复原了图坦卡蒙法老的整个头部图像！

老朋友，你不是干考古的，对这方面关注得比较少。事实上，利用最新的高科技，做到这一点其实并不难。

这怎么可能呢？一具已经干枯几千年的尸体……

哇!

只剩下三天了,我们该怎么办呢?

决不能把咒语给他们。万一法老复活了,而且有传说中的力量,那天下就会大乱的。

可是,如果不给他的话,三天后不知道他会干出什么事情来!

哎哟!

他好像是有点像国王。

是啊，感觉不一样了。

好了，我远方的客人们，在神圣的时刻到来前，请允许我带你们参观这个无与伦比的地方。我想，等你们知道了它的伟大之后，你们会告诉我我想知道的东西的。跟我来吧。

好吧，如果真能对人类有益的话，我们当然会把石碑上的咒语告诉你。

你就不用去了，回你该回的地方吧。

是。

哎!

这是图坦卡蒙法老的木乃伊吗?快住手,你们会毁掉这个珍贵的尸体的!

别这样,我尊敬的博士。他们是世界上最好的医生,不仅不会损坏木乃伊,相反会让它变得更好。

面具——不，叔叔，那你能告诉我木乃伊到底是怎么做成的吗？它为什么能保持这么长时间不腐烂？

还是这个小鬼聪明。你们都不要轻举妄动，否则别怪我不客气。

关于木乃伊的制作，一直以来在世界上都是一个谜。可是今天在这里，我倒是可以告诉你们。我是不会怠慢我的客人的。

首先，我要告诉你们的是，开罗博物馆的那个木乃伊并不是真正的图坦卡蒙法老。

那真正的法老在哪里？

哦，我明白了。人们发现的木乃伊只是用来骗人的，真正的木乃伊在墓室的第二层。

对，我们还从他的棺材里进入了第三层墓室，然后才发现了刻着咒语的石碑。

你们说得不错，那具木乃伊才是真正的图坦卡蒙法老，这是我用最新的DNA技术鉴定出来的结果，那两具木乃伊的脸的确很像，但是一个真一个假。之前我得到的墓室图缺了一块，幸好被你们给找到了，现在就差你们的咒语了。

你还没有告诉我木乃伊到底是怎么制成的？至于石碑上的咒语，你不是说给我们三天的时间吗？

首先，要把尸体的大脑通过鼻子掏出来。

好恶心哦！

好吧，咒语的事情先不急，我告诉你们神秘的木乃伊是怎么制成的！

然后把肺、胃、肠等器官都取出来，只留下心脏。

把一个钩形的特制工具从尸体的鼻腔伸进颅内，用力搅拌，直到大脑变成液态，再把尸体翻过来，这样大脑就会从鼻子里流出来。

为什么心脏不取出来？

我们一直相信，人死之后心脏会被阿努比斯神放在天秤上称量，用来判断他在人间的善恶。

原来是这样啊！然后呢？

然后用椰子酒和捣碎的香料把体腔洗干净，把树脂、浸过树脂的亚麻布和木屑放进去填好，最后照原来的样子把肚子缝好。

这样就好了吗？

还早呢！在这之后还要把尸体放到泡碱粉里浸40天，取出后，让风吹干，葬于干燥的沙丘中。之后在把木乃伊全身涂上油脂。

太聪明了！古埃及人在3000年前就知道油脂可以隔离氧气了！

没错！而最后的包扎是难度最大的环节。包扎时要从手指和脚趾开始，直到全身都包扎完毕。这样包扎好的木乃伊，就保持了尸体脱水前的形状。到这里，一具木乃伊就做好了！

这真是一个不小的工程啊！埃及人真是太聪明了！

那当然，做好这样一个皇族的木乃伊，总共要用好几个月的时间，耗费大量的人力、物力和财力。

那他们现在在干什么？

他们在给木乃伊做手术。

做手术？

对，给木乃伊做手术。我要保证复活的法老拥有一个健康的身体。

健康的身体？难道图坦卡蒙法老是受伤或生病而死的？

第 14 章
疯狂的后裔

这不关你们的事！明白吗？

我要让他复活！本来以他的智慧和勇气是可以成为历史上最伟大的国王！

年轻的国王图坦卡蒙才18岁就死了。谋权的大臣趁他打猎时弄伤了他，结果伤口感染了……

不过也没有关系，现在也不算晚，我的计划马上就要成功了。一切都在我的控制之中，伟大的图坦卡蒙法老。马上就可以复活了！

他会获得永生，然后用他无上的法力，统治全世界！如果不是你们破坏石碑，毁掉了咒语！

没问题，我们已经修复了他的骨骼，他会是世界上最健康的统治者。

怎么样了？

太好了！太好了！一切会很顺利的！

遵命！

来人啊！把他们带回小屋，今天是第一天，他们还有两天的时间考虑。你们要好好想清楚了！

这个我也说不好！按说法老是不可能复活的，他都已经死了三千多年了！

博士，如果法老真的复活了怎么办？

那万一，可能，也许……呢？

万一的话，传说中法老就是人间的神，拥有神的力量，就像面具人说的，法老重新统治世界的可能也不能说没有。

对！太可怕了！

那怎么可以？不论这是真的还是假的，我们都不能让他得逞。

不能把石碑上的符号告诉他！

第三天

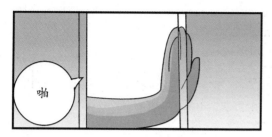

啪

我回来了！

秦爷爷，你还好吧？

只不过什么？发生什么事了？

嗯，我没事，只不过……

怎么秦爷爷身上也有那种香味？

哦！没什么，你们考虑得怎么样了？他给你们的时间马上就要到了！

啊，那……那就好，那就好啊！

我们想好了，你放心，我们绝对不会把符号告诉他们！

秦爷爷，你是不是有什么事情啊？有话你就说吧！

为什么?

唉，你们知道他们这次为什么让我回到这里吗?

他休想!

他是让我来劝你们说出石碑的秘密的!

嗯，那，那就好啊!不过他跟我说，如果我劝不了你们的话，他就要杀了我!

反正我什么秘密都不知道，我也不会影响他们的计划。

要不这样吧，我有个办法，不知道行不行。

你说!

我的意思是，如果你们把石碑上的符号都告诉我，我就知道所有的秘密了，我想面具人就不会把我怎么样了!

是个好办法啊!

博士你过来一下!

博士,我觉得秦爷爷有点怪怪的。而且他身上有一股和面具人一样的味道!

是啊!是有点别扭,我也发现了!

难道?

我知道该怎么办了!

老秦，别着急，咱们不是还有最后一天的时间吗？我们一会儿就把石碑上的符号告诉你。

好啊！

对了，咱们都这么长时间没见了，也忘了问你，你两个女儿还好吗？

女儿哦，对对对，她们都挺好的，都挺好的。

到此为止吧，你这个冒牌货，不要再装了。你根本不是老秦！

哈哈哈！你们真是不简单啊，这样都没有骗过你们，真是低估你们的能力了！

你的易容术的确很高明，可是你们身上的味道暴露了你们。

是啊！邪恶就是邪恶，胜利总是站在正义的一方，你们就不要妄想啦！

哈哈！正义？我就是正义，别忘了你们现在还在我手里。而且，你们没有时间了，我也没有时间了。

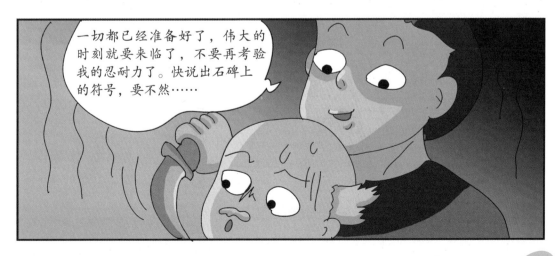

一切都已经准备好了，伟大的时刻就要来临了，不要再考验我的忍耐力了。快说出石碑上的符号，要不然……

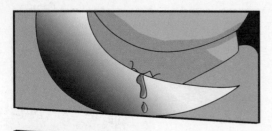

那你怎么办啊？

不要告诉他，我死没关系，不能把咒语告诉他！

等一等，要我们答应你的条件，交出石碑上的符号，也不是不可以。

淘淘，你要干什么？

马上把秦爷爷放进来。我要他和我们在一起。

你说！

没问题。

第 15 章
复活的木乃伊

最后一个要求是，我们把咒语交给你之后，你要放我们出去，说话算话！

放你们可以，但不是在你给我咒语之后，而是在我们复活大典成功之后。如果你们骗我，破坏了复活大典，那就别怪我不客气了，到时你们谁也别想活着离开这里！

啊！

咒语我们肯定会给你的，但你真的肯定你的高科技加上咒语就一定能让法老复活吗？

那是当然！你在怀疑神圣法老的咒语吗？

可是……

好的，那咱们就这么定了，我现在就给你咒语，但是你一定要说话算话。如果到时候你反悔的话，就连复活的法老也不会放过你的！

给他真的吗？

当然是真的了。

要不怎么能唤醒沉睡的法老？

就是这几行符号，跟划掉的一模一样，丝毫不差。

它们最好是真的，要不然，你们都会死得很惨！

可是，我还不想死，我还那么小！飞毯隐身！

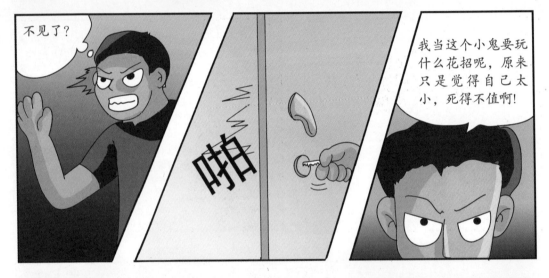

不见了？

啪

我当这个小鬼要玩什么花招呢，原来只是觉得自己太小，死得不值啊！

小鬼，还能隐身，真不赖啊！可是我要告诉你的是，就算我现在没法抓到你，你也休想救出小屋里的人。而且就凭你个小不点儿，根本就不能从墓道里逃出去！

你不出声我也知道，你能听见我说的话！

我只希望你不会拿他们几个的性命开玩笑！好了，时间差不多了，一个伟大的时刻就要到来了！

把大厅所有的门都关好，不要让这个小鬼逃出去。仪式要用的一切东西，尤其是法老的木乃伊，一定要看好，千万不能让这个小鬼坏了大事！

是！

乐乐淘，你在吗？你究竟要干什么啊？

我在这儿呢，博士！你们放心，我一定会救你们出去的，而且面具人的阴谋很快就要完蛋了。好了，时间不多了，我得赶快行动了！

是祭祀仪式!

这真是一群疯子!

啊，祭祀!

看，那四周升起了什么?

那是尼罗河的河水。

可是他们弄那些水干什么啊?

你不知道,埃及人特别崇拜水。尼罗河带来的肥沃河泥和丰沛的河水为农业生产提供了天然条件,所以埃及人认为水是他们赖以生存的伟大的自然力,并将尼罗河当做神来崇拜。所以在为死者祈求灵魂永生时,人们也要向来水神祈祷。

面具人念的就是唤醒水神的咒语。

而下一步,如果我没有猜错的话,他们就要用活人来祭祀了。

用活人祭祀?

天啊!

难道他们就这样把他淹死吗?

是祭祀仪式和复活仪式一起进行了!

也许吧。几千年前的人们,为了避祸,为了求雨,为了战争的胜利,都会举行祭祀仪式,而这些仪式有时就会以人的牺牲作为敬意。

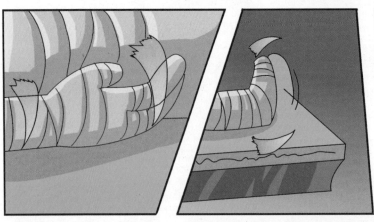

怎么会这样?

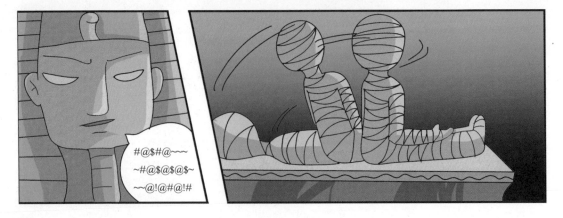

#@$#@~~~#@$@$@$~~~@!@#@!#

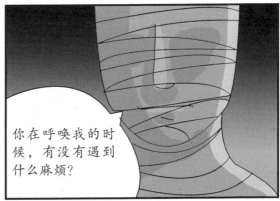

第16章
最后的胜利

咋，真是什么事情都瞒不过您的法眼，我的确遇到了一些小麻烦，石碑上的复活咒语曾经被那儿个人划掉了。

好在有您的保佑，让我重新得到咒语，这才把您唤醒！

大胆！是什么人竟敢这么大胆？带他们来见我！

是！

放了他们，让他们到我跟前来。

他们是很危险的，我伟大的王！这怎么可以？请让我把他们带下去吧！

好了，现在，我忠实的仆人啊，去把大厅的正门打开，我要呼唤我最伟大的法力——

来吧，来吧，都进来吧，我伟大的神力！来惩罚那些有罪的人们，让他们屈服在我的脚下。

不许动！不许动！

不许动！

哦？原来是你！

你太了不起了，乐乐淘！我还以为法老真的复活了呢，吓死我了！

怎么回事？怎么会是你？这到底是怎么一回事？

我是考虑到你的咒语唤不醒图坦卡蒙法老，怕你伤心，所以才跟法老的木乃伊交换了一下。

你们这群疯子，妄想用法老的力量统治世界，真是太天真了。木乃伊只是一具风干了的尸体，哪里有什么咒语能把它唤醒呢！你们简直白日做梦！

对，科学是用来造福人类的，不是用来祸害世界的！

小鬼，真没想到，我周密的计划居然会毁在你的手里。不过我还有一点不明白，你是怎么走出那么复杂的密道，去把警察叫来的呢？

我自己当然出不去，可是我有一样宝贝，它能让我顺利地出去！

就是它，结构图！

你，你偷了我的结构图！

什么叫偷啊？这本来就不是你的。秦爷爷，这是您的，我把它还给您。

好孩子，谢谢你！谢谢你！

不过，我也有个问题要问你。我们第二次进密道时，你本来派了人来抓我们，为什么后来又改变了主意？

147

我一辈子都不会忘记这次冒险！这次实在是太刺激、太危险了。

哪里跑！我是面具人！

你真是讨厌！不，我要去百慕大三角区！

我要去亚马孙雨林！

你们说，咱们下一站去哪里？

博士，你说咱们去哪里好？

哪里有奥秘，我们就去哪里！出发喽！

图书在版编目（CIP）数据

木乃伊大冒险 / 陈浩著；晴天文化绘. — 北京：中国
轻工业出版社, 2012.5
　（升级版小学生科学探险漫画）
　ISBN 978-7-5019-8617-0

　Ⅰ. ①木… Ⅱ. ①陈… ②晴… Ⅲ. ①漫画：连环画 –
作品 – 中国 – 现代 Ⅳ. ①J228.2

中国版本图书馆CIP数据核字(2011)第273088号

责任编辑：张凌云

策划编辑：张凌云　　　　责任终审：张乃柬　　　封面设计：含章行文
版式设计：含章行文　　　责任校对：杨　琳　　　责任监印：马金路

出版发行：中国轻工业出版社（北京东长安街6号，邮编：100740）
印　　刷：北京画中画印刷有限公司
经　　销：各地新华书店
版　　次：2012年5月第1版第1次印刷
开　　本：787×1092　1/16　　　　印张：9.5
字　　数：80千字
书　　号：ISBN 978-7-5019-8617-0　　定价：25.00元
邮购电话：010-65241695　　传真：65128352
发行电话：010-85119835　　85119793　　传真：85113293
网　　址：http://www.chlip.com.cn
Email：club@chlip.com.cn
如发现图书残缺请直接与我社邮购联系调换
111022E2X101ZBW